Davide Tononi

Sulle strade dell'Infinito

Davide Tononi

Sulle strade dell'Infinito

Diario di uno STRAORDINARIO ORDINARIO

Edizioni Sant'Antonio

Imprint

Cover image: www.ingimage.com

Publisher:
Edizioni Accademiche Italiane
is a trademark of
International Book Market Service Ltd., member of OmniScriptum Publishing Group
17 Meldrum Street, Beau Bassin 71504, Mauritius

Printed at: see last page
ISBN: 978-613-8-39286-6

A Giampiero

INDICE

PREFAZIONE

Un giovane parroco racconta la fede dei cristiani e, in un qualche modo, “si racconta”, condividendo con il lettore considerazioni e riflessioni che sanno di testimonianza diretta, che conduce ai fondamenti e li ripropone con forza e convinzione.
Oggi purtroppo va di moda evidenziare le “cause” di Cristo: la pace, la fame nel mondo, le guerre, i profughi, la giustizia sociale, senza però mai approdare a Lui. Cristo è “catturato” da tutti, viene strumentalizzato da tutti, purché non chieda una adesione incondizionata a Lui come Figlio di Dio. È la pretesa di cambiare le cose, servendosi anche di Lui, purché non si chieda di cambiare qualcosa di noi stessi. Purché non si esiga un passaggio.

Per il cristiano, invece, l’incontro con Cristo è soprattutto un “passaggio” per un cambiamento di vita: dal peccato alla grazia, dall’odio alla riconciliazione, dalla concorrenza nei rapporti interpersonali alla convivenza nel pluralismo sereno, dall'individualismo alla solidarietà. In una parola: alla proclamazione del messaggio dell'amore nel Cristo risorto.

Potrà sembrare follia, ma è anche l'ultima spiaggia per ridare speranza, nell'appiattimento generale, ad un sano ripensamento per vivere, per trovare il bandolo di una matassa arruffata com'è la società di oggi e guardare con speranza ad un avvenire diverso e migliore. È un appello, una sfida con proposte concrete per un nuovo stile di vita, evangelico, marcato in pienezza e profondità.

Innanzitutto in quanti si dicono credenti, con larghezza di convinzione e di coerenza, e poi negli altri perché non restino insensibili o distratti e, insieme, si possa costruire una società respirabile e pacifica, dove il sepolcro vuoto del Risorto diventi il crocevia per chi crede e per chi ricerca, e rimanga punto di riferimento e di meditazione per tutti.

Sappiamo infatti che, come ci insegna Papa Francesco, «non è la stessa cosa aver conosciuto Gesù o non conoscerlo, non è la stessa cosa camminare con Lui o camminare a tentoni, non è la stessa cosa poterlo ascoltare o ignorare la sua Parola, non è la stessa cosa poterlo contemplare, adorare, riposare in Lui, o non poterlo fare. Non è la stessa cosa cercare di costruire il mondo con il suo Vangelo piuttosto che farlo unicamente con la propria ragione. Sappiamo bene che la vita con Gesù diventa molto più piena e che con Lui è più facile trovare il senso di ogni cosa».

(Evangelii gaudium, 266).

+ Renato Boccardo
Arcivescovo di Spoleto-Norcia

INTRODUZIONE

"Pietro, mi vuoi bene?", sono queste le parole riportate nel capitolo ventunesimo del Vangelo di Giovanni, che Gesù rivolge a Pietro, ed infondo è questo, lo stesso interrogativo che mi ha sempre accompagnato nel corso della mia vita: "Io sono capace di volere bene?" A Dio anzitutto, e di conseguenza alle persone, alla realtà, agli avvenimenti.

Forse all'inizio, prima di accogliere la mia vocazione e iniziare il mio cammino di discernimento, era un interrogativo per così dire velato, non espresso a pieno, mi sentirei quasi di dire "un interrogativo misterioso, che però si svela pian piano, giorno dopo giorno, quando e se nella tua libertà, decidi di dire il tuo "SI" al progetto inaspettato e grande che il buon Dio ha pensato proprio per te fin dall'Eternità, e che propone in modo forte, ma se ti metti in ascolto anche chiaro, alla tua vita."

Davide, mi vuoi bene? Riesci a sperimentare l'Amore? Quello vero, autentico, l'Amore di Dio, quello che è capace di donarsi con gratuità e senza chiedere nulla in cambio? Quell'Amore che vive e si nutre di misericordia e che scansa il rancore per lasciar spazio alla carità? Sembra che il Signore rivolga queste domande a me... le rivolga ad ognuno di noi! e lo faccia proprio oggi! Una domanda che si ripete insistentemente ogni giorno e ogni istante!

E Pietro, dal canto suo, ripete per ben tre volte quel "Signore, Tu sai tutto, Tu sai che ti voglio bene!", lo ripete amareggiato, perché ha sperimentato l'esperienza del tradimento, dell'abbandono, della pochezza e debolezza umana, ma allo stesso tempo lo rimarca consapevole dei suoi limiti, e quindi lo ribadisce con libertà, perché ha vissuto l'esperienza del perdono! Si è sentito perdonato e accolto, si è sentito guardato con uno sguardo carico di compassione.

Lo può affermare, perché ha dietro di sé la conoscenza, l'incontro, l'esperienza della Resurrezione, ha compiuto il cammino con Gesù e si è lasciato toccare il cuore e quindi la vita.

E l'esperienza di Pietro, è significativa per la nostra vita, se lo vogliamo, proprio perché il Vangelo, la Buona Novella, è l'esperienza che il Signore propone all'uomo di ogni tempo, di ogni condizione sociale e latitudine.

L'esperienza cristiana è per tutti, non solo per le persone vissute duemila anni fa, ce lo ricordano anche i documenti del CVII, solo per citare alcune fonti del Magistero della Chiesa.

Pietro Ama, nonostante le suo pochezze, i suoi limiti, i suoi dubbi, perché si sente amato. È capace di amare, è consapevole che ne vale la pena, perché anzitutto si è sentito toccato e guardato dall'amore, l'ha sperimentato. Ed è cosi anche per noi, non siamo capaci di donare ciò che prima non abbiamo ricevuto o almeno in parte gustato e sperimentato.

È l'esperienza dell'affetto e della misericordia di Dio che ci rende capaci di diventare fuoco che accende la fiamma della carità e che è, se messa in atto, in grado di incendiare il mondo con il Suo amore.

È l'esperienza che genera conoscenza, e la conoscenza apre alla frequentazione assidua che diventa necessariamente e senza sforzo testimonianza, a parole e opere… con la vita!

Ed è proprio questa domanda che genera le altre, e che ogni giorno mi risuona nella mente e nel cuore, donando la giusta motivazione alla mia giornata di uomo, prete e parroco. È questo interrogativo che mi sprona a fidarmi ed affidarmi ancora di più a quel Dio che ha pensato per me qualcosa di bello e inaspettato. È sempre questa domanda che mi riporta al senso autentico delle cose e mi ricorda la bellezza che ho incontrato e ogni giorno si rinnova in modo non scontato e dovuto.

È la proposta di Dio, che ci chiama a rinnovare la nostra adesione a Lui e quindi il nostro "SI" carico di paure e di fiducia, un "SI" povero ma sincero, che sull'esempio di Maria permette a Dio di operare qualcosa di bello per la mia storia, e per la storia del mondo.

Ed è proprio questa esigenza di testimoniare al mondo che davvero è possibile essere felici, che mi spinge a riscrivere in queste poche righe l'esperienza che Dio ha donato e dona con stupore alla mia esistenza e al mio oggi.

Un'esperienza che si traduce in "un cammino fatto di ordinario che il Signore ci propone di vivere in modo Straordinario", per usare un'espressione del santo Curato d'Ars, e che è proposto ad ognuno di noi, nessuno escluso.

Proprio per questo, ho deciso di dividere in alcuni punti l'esperienza fondamentale di cristianesimo che mi sento di condividere, senza chiaramente la pretesa di essere completo o totalmente esaustivo, ma con la speranza che possa essere utile a qualcuno, per focalizzare meglio la bellezza e la semplicità di un incontro con il Signore, che non si stanca mai di mettersi in ascolto dell'uomo… con una grande certezza: il cristianesimo è qualcosa di concreto, tangibile, ed è per tutti, nessuno escluso! È un cammino inclusivo e non esclusivo, anche se a volte, nel corso della storia, per tanti motivi è passato purtroppo come un cammino per pochi.

E anche per questo, nel mio piccolo, voglio cercare di sgombrare il campo da equivoci, con la consapevolezza che il dialogo e la condivisone sono le armi più potenti contro le divisioni e le incomprensioni che possono nascere.

"Mi ami tu?" diventa questa la domanda fondamentale a cui tendere e da cui nasce il desiderio di cominciare il cammino, e allo stesso tempo rimane l'interrogativo portante, da non perdere mai di vista, che diventa metro di giudizio delle nostre scelte, e dona un senso al cammino lungo il tempo.

MA NE VALE LA PENA?

Perché vale la pena essere cristiani? Qual è il motivo che ci spinge a cominciare, e poi a continuare il cammino di fede lungo tutta la nostra vita? Quanto sono consapevole della portata dell'Avvenimento cristiano? e quanto questo Avvenimento è fondamentale nella mia esistenza?

Sono solo alcune delle domande fondamentali, legate alla domanda iniziale, che ogni credente dovrebbe farsi ogni volta che ricomincia la sua giornata.

Capita molto spesso infatti di abbandonare, accantonare o affievolire la nostra ricerca proprio perché viviamo le cose come un'abitudine.

Ma la nostra fede non può essere un'abitudine, dobbiamo dare ragione a nostri stessi e quindi anche agli altri, della nostra fiducia in Dio. Il cristianesimo non può essere semplicemente ridotto a un solo ragionamento filosofico, ma deve essere necessariamente anche ricondotto a un qualcosa di esperienziale per essere concreto e condiviso.

Altrimenti corriamo il rischio di vivere ogni evento in due modi diversi nella forma ma uguali nella sostanza, ovvero:

- Viviamo la fede come una cosa da fare perché "si è sempre fatto così" e quindi per pigrizia o per paura di cambiare continuiamo a vivacchiarla, seppur con noia;

- oppure, in alternativa, lasciamo perdere tutto e cerchiamo altre strade, accantonando quelle domande esistenziali ed essenziali che comunque prima o poi riaffioreranno, se non altro perché sono insite nel cuore dell'uomo, che è sempre alla ricerca di quel qualcosa, o meglio Qualcuno, che solo può colmare il suo desiderio di Infinito.

Capita infatti tante (troppe) volte, e questo lo sperimento anche nella mia ordinarietà, di essere legati in modo forte ad alcuni aspetti della tradizione, della pietà popolare e a delle consuetudini che chiaramente sono importanti, ma diventano secondari e a volte dannosi, nel momento in cui non sono mezzo o tramite al messaggio Evangelico fondamentale, ma rimangono fini a sé stessi.

Faccio un esempio pratico: io, amo in modo particolare le processioni, le novene, le feste dei Santi, proprio perché sono espressioni di una pietà popolare fruttuosa, tra l'altro molto presente in Umbria, e possono quindi essere strumenti utilissimi per rimandare al messaggio fondamentale del cristianesimo.

Capita però alcune volte che queste manifestazioni, lodevolissime e importanti, anche a livello sociale oltreché religioso, possano diventare, se staccate dal fulcro e dalla centralità dell'Avvenimento cristiano, un momento solo conviviale, o alla peggio, un qualcosa di superstizioso.

Chiaramente questo è solo un rischio, e ringraziando Dio il più delle volte non è cosi, però è utile stare in guardia, per non svilire un momento di grazia che il Signore ci dona e che va valorizzato anziché sprecato.

E proprio per questo è giusto interrogarsi quotidianamente su quali siano le basi su cui fondo la mia fede.

Come vivo nel concreto il mio essere credente? Perché il cristianesimo non è semplicemente uno "stile di vita ", un'idea, un baluardo, sarebbe riduttivo pensarlo così! Il cristianesimo, cosi come Gesù ce l'ha insegnato, non può essere una "parentesi "della mia vita: è qualcosa che per essere compreso e sperimentato deve essere vissuto in tutta la completezza della mia esistenza.

Capita infatti talvolta, di dirsi cristiani più per tradizione che per convinzione: “sono cristiano perché i miei genitori mi hanno educato così “, “sono cristiano ma non praticante, “credo in Dio ma non nella Chiesa “, queste le frasi più ricorrenti che ci sentiamo ripetere.

Ed in questi casi, è grande la tristezza che provo! Proprio perché vivere così il cristianesimo, fermo restando la Grazia di Dio che opera come e dove vuole, con modi che umanamente non riusciremmo neppure a pensare, non permette di sperimentare a pieno il dono della fede nel Risorto che ti cambia la vita e la prospettiva giorno dopo giorno. È come avere una Ferrari, che però tengo nel garage per paura di rovinarla. Scusate il paragone forse non troppo ortodosso.

Il primo passo quindi è quello di chiederci quanto questo Cristianesimo c’entra con la mia vita! Perché da quello dipende tutto il resto del cammino. Se il cristianesimo è totalizzante, allora ne vale la pena, altrimenti è solo un momento tra i tanti della nostra esistenza. Dipende da noi scegliere come viverlo, dipende dalla nostra libertà: perché Dio non si stanca mai di chiamare l’uomo, forse è l’uomo che tante volte si stanca di mettersi in ascolto di Dio.

Cerchiamo quindi di fare un rapido elenco di quelle cose che stanno alla base di un cristianesimo concreto, che posso sperimentare, vedere, vivere: Quali sono gli aspetti imprescindibili, perché basilari, che troppe volte dimentichiamo, per far spazio ad altri aspetti, che senza l'essenziale diventano inutili o addirittura dannosi? … Si, comunque e in ogni caso, ne vale la pena, ne sono certo perché l'ho sperimentato ed è razionale, ma solo se lo viviamo davvero e lasciando da parte le nostre interpretazioni per far spazio alla realtà.

L'EVENTO IRRINUNCIABILE: la PASQUA

Anzitutto la Pasqua: Cosa significa questo Evento per me, per noi? Siamo consapevoli del significato vero di questo Avvenimento? E una volta che l'abbiamo compreso, riusciamo a viverlo?

Abbiamo detto, che capita alcune volte, di vivere la vita come se fosse fatta di "compartimenti stagni" slegati tra loro, anziché di una completezza e totalità che è invece necessaria e indispensabile per non rischiare di cadere in una sorta di schizofrenia generale.

E un cristianesimo vissuto nella sua totalità non può prescindere da alcuni momenti fondamentali, primo tra tutti quello della Pasqua.

Senza la Pasqua, senza la Resurrezione, nulla avrebbe senso! Sembra forse un'affermazione forte, esagerata, ma è proprio questa la realtà: se non ci fosse stata la Resurrezione non avrebbe avuto senso l'Avvenimento cristiano, avrebbe perso di significato il Natale, non avrebbero avuto motivo di esistere l'anno Liturgico, le tradizioni, il nostro cammino di fede, senza la Resurrezione non avrebbe senso credere.

Ne sono proprio convinto? Si, e vi spiego perché partendo da un brano conosciutissimo del Cap.24 del Vangelo di Luca, quello che parla dei discepoli di Emmaus.

Il brano ci parla di due discepoli, due persone che avevano creduto ed aderito al messaggio di Gesù, e che quindi avevano in qualche modo sperimentato nella loro vita qualcosa, che poi percepiscono essere un Qualcuno, che gli aveva toccato e cambiato il cuore. Non erano estranei a Gesù come non erano estranei agli altri seguaci del Cristo.

Possiamo immaginare, che andando a ritroso nella loro esperienza di vita, abbiano in qualche modo vissuto l'incontro con il Signore come tutti gli altri discepoli, la dinamica sarà stata più o meno la stessa: Incontrano Gesù, ascoltano le Sue parole, percepiscono che da quell'incontro può nascere qualcosa che cambierà la loro esistenza in modo radicale, nella loro libertà accettano di approfondire la conoscenza, aderiscono agli insegnamenti di Gesù e quell'Avvenimento diventerà il punto di partenza e di svolta della loro esperienza di fede.

Sicuramente non erano due sprovveduti, ma anzi, come tutti gli uomini del loro tempo, saranno state persone concrete, che badavano al sodo, e quindi, a maggior ragione, possiamo immaginare che l'incontro con Gesù sia stato qualcosa di davvero sconvolgente se questo momento li aveva addirittura spinti ad approfondire la conoscenza e a seguirLo.

Eppure, ci racconta il brano dell'Evangelista Luca, nonostante la loro esperienza diretta con Gesù, nonostante quella storia gli avesse toccato il cuore, nonostante avessero concretamente sperimentato che l'insegnamento ricevuto fosse sorgente di vita piena che donava senso alle loro esistenze, ai loro dubbi e alle loro paure, nonostante questo, dopo la croce, li troviamo ad andarsene verso Emmaus.

Sicuramente sfiduciati, nonostante le donne li avessero avvertiti che il corpo del Signore non fosse più nel sepolcro, se ne vanno, si mettono in viaggio delusi.

È strano leggere del loro disappunto, perché il Signore glie l'aveva annunciato: sarebbe Risorto! È strano, ma è anche umano! L'umanità ferita dal peccato ha bisogno sempre di conferme.

Ma Gesù, che non abbandona mai l'uomo nonostante la sua incredulità e la sua infedeltà, si avvicina a loro lungo il cammino.

"I loro occhi erano impediti a riconoscerlo" ci dice il Vangelo, ma Lui li accompagna, si china ancora una volta sulle loro povertà, e li guida nel cammino che li porterà a riconoscerlo.

"Spiega loro le Scritture", li riporta alla realtà carica di speranza che loro avevano smarrito, gli riapre pian piano, con la delicatezza che solo Dio sa usare, gli occhi, il cuore e la mente alla bellezza autentica che avevano sperimentato.

Si ferma con loro sul far della sera, e compie il gesto che apre di nuovo gli occhi e il cuore a questi due discepoli. Spezza il pane, benedice, come nell'ultima cena, ed essi, davanti a quel gesto, riaprono gli occhi davanti a una realtà promessa, ma in quel momento inaspettata: Era davvero Lui, ed era risorto!

Fanno ancora una volta esperienza diretta di Dio che si manifesta ancora in un incontro talmente evidente e concreto che non può più essere negato!

"Non ci ardeva forse il cuore mentre ci parlava lungo la via?", dicono tra loro i due, che presi dalla gioia di una rinnovata speranza, tornano di corsa a confermare agli altri ciò che avevano visto e sperimentato, ovvero che non era tutto finito, perché Gesù era risorto davvero, nonostante tutto!

Sperimentano la Pasqua, in modo concreto nella loro esistenza, la vedono, la sentono e quindi riprendono il cammino che diventa necessariamente testimonianza al mondo. Perché quando incontri qualcosa di bello e che ti cambia la vita, hai solo il desiderio di testimoniarlo a più persone possibili, con le Parole e con la vita.

È da questa esperienza che ricomincia la speranza, perché la Pasqua diventa attuale, diventa vita e salvezza!

Ed è significativo il cammino compiuto ad Emmaus, perché, se ci pensiamo bene, l'esperienza di questi due discepoli è simile alla nostra, Dio opera con noi lo stesso cammino di conversione. Dio ci chiama, ci dona di sperimentare, toccare, vedere, gustare, e nonostante le nostre incredulità e le nostre cadute, si avvicina ancora una volta alle nostre esistenze e ci riapre gli occhi e il cuore.

Possiamo immaginare che con certezza per quei discepoli, Emmaus sia diventato il punto focale della loro fede, quel "paletto" a cui guardare nei momenti di dubbio e smarrimento! Avevano sperimentato li che era tutto vero! E questo vale anche per noi, sempre abituati a vivere in un mondo in cui tutto sembra relativo e soggettivo e che ci porta credere che ciò che è vero ora non lo sarà più tra qualche tempo.

Impariamo da loro a mettere anche noi dei paletti nella nostra vita, l'incontro con Dio infatti va rinnovato giorno dopo giorno, ma abbiamo la certezza che una volta incontrato resterà vero e presente per l'eternità, se lo vogliamo.

I discepoli, tutti, e non solo quelli che abbiamo trovato sulla via di Emmaus, hanno sperimentato che la Pasqua è qualcosa di presente e determinante, e da quell'Evento fondamentale hanno trovato ragione e forza per aprire la loro vita a un cammino di fede e umanità serio.

E può, anzi deve, essere così anche per noi, nuovi discepoli. Abbiamo detto infatti che per essere autentico e fruttuoso il nostro cammino cristiano deve essere purificato, deve avere delle prerogative imprescindibili, concrete e irrinunciabili:

- Deve essere anzitutto CONCRETO, deve essere un'esperienza che dona qualcosa alla mia vita nella sua totalità, non può ridursi a una parentesi parziale, che proprio perche tale, sarebbe infruttuosa. Richiede una scelta e un'adesione personale e totale, che và sempre rinnovata.

- Non può mettere da parte gli aspetti FONDAMENTALI, primo tra tutti l'Evento della PASQUA vissuta, che unico dona un gusto nuovo a tutte le cose, proprio perché è la Resurrezione l'Avvenimento fondante da cui nasce, in cui si sviluppa, vive e a cui tende tutta la nostra storia di credenti. Pasqua come PRINCIPIO, accompagnamento e FINE del tutto.

E allora, dopo aver deciso di prendere seriamente la nostra fede è utile chiederci: Ma per noi la Pasqua che cosa è? È come per i discepoli di Emmaus o è qualcosa d'altro?

Capita infatti spesso, ed è stato cosi anche per me all'inizio, di non percepire pienamente la portata dell'Avvenimento cristiano. Capitava di vivere le Celebrazioni, gli appuntamenti e l'ordinarietà della vita parrocchiale, come un qualcosa di scontato, e a volte anche dovuto.

Ma così facendo si perde di vista la portata di ciò l'Incontro cristiano veramente comporta e dona.

Abbiamo detto della Pasqua: cosa comporta questa Parola che è carica di significato, per me, per la mia vita, per il mio oggi?

Pensiamoci bene! Tante volte riduciamo la Resurrezione (e tanti altri eventi del nostro essere credenti) a un puro ragionamento, a una speculazione filosofica, a un momento da ricordare per tradizione una volta all'anno perché magari "si è sempre fatto cosi", ma vivendola in questo modo sviliamo e deviamo da quello che è il significato autentico. E l'esperienza dei discepoli di Emmaus ce lo ha ricordato e insegnato.

La Pasqua per essere autentica, perché abbia un valore nella mia esistenza, deve essere sperimentata, vissuta, cercata e toccata con mano.

La Pasqua di Cristo deve essere qualcosa che mi tocca, che mi appartiene, qualcosa che sperimento e mi apre il cuore.

Non esiste Pasqua senza croce, e quello è bene ricordarcelo, perché la Salvezza passa necessariamente attraverso il saper mettere in relazione le nostre croci, le nostre paure, i nostri dubbi e timori e anche certo le nostre bellezze, all'unica croce che è diventata momento di Resurrezione, ovvero quella di Gesù Cristo.

E forse, a volte la Resurrezione non riusciamo a percepirla perché non ne capiamo la portata, non abbiamo la giusta chiarezza su cosa è effettivamente: dove la vedo e la sperimento nel mio oggi, nel mio cammino di fede?

La Pasqua la potremmo tradurre non in un'assenza di croci, di prove, di dubbi, ma più chiaramente la potremmo definire e percepire nel non sentirci soli e abbandonati, ma invece accompagnati, nel viaggio bello e appassionante, anche se carico di fatiche dell'esistenza quotidiana.

La Pasqua è quotidianità.

Forse a volte pensiamo che il cristianesimo sia un qualcosa di diverso da quello che effettivamente il Signore invece ci ha proposto, sbagliamo prospettiva e angolazione, ci facciamo un'idea tutta nostra della fede e dell'Avvenimento cristiano.

E allora la domanda potrebbe essere: cosa ci aspettiamo dal cristianesimo? e cosa invece è nel concreto? Perché le due risposte non sempre coincidono!

Ma per cominciare, basta quello: capire, la Pasqua, per sperimentarla e non svilirla. Conoscere per sperimentare, sperimentare per vivere, vivere per gioire, davanti al Mistero!

Perché il Mistero, come ci ricordava anche un grande profeta del nostro tempo, don Luigi Giussani, è qualcosa di svelato, anche se non nella sua totalità, e genera quindi Stupore, non come l'Ignoto, che essendo qualcosa di imperscrutabile, genera nella nostra umanità solo paura e timore.

Lasciamoci stupire quindi, lasciamoci provocare, lasciamoci toccare e cambiare, permettiamo che questo

Mistero diventi culmine e stimolo a vivere la nostra vita in pienezza, mai soli, perché Lui, Lui solo, non ci abbandona mai!

IL MEZZO UNICO: LA CROCE

È già, l'abbiamo da poco ribadito, la Pasqua, che abbiamo detto indispensabile per la salvezza, e che ci permette di vivere il cristianesimo concretamente, non può prescindere dalla croce!

Ma cos'è questa croce per noi? O meglio, come la viviamo? Abbiamo mai riflettuto seriamente sulla portata di un evento tanto grande, quanto controverso, come la Passione di Nostro Signore Gesù Cristo?

Parto dalla mia esperienza, che poi, confrontandomi negli anni, ho visto che è un'esperienza comune: capita a tutti di vivere momenti di sconforto, che ci sembrano insopportabili, non superabili, come capita di chiedersi il perché accadono determinate cose.

Tante volte ci chiediamo perché nel mondo c'è tanta sofferenza, non riusciamo a capacitarcene! "Ma se Dio è buono, perché accadono queste cose?" è la domanda che spesso torna alla mente, anche alle persone di fede. Quante volte poi, quando ci accade qualcosa, ci chiediamo: "Perché proprio a me?" (che poi, allora bisognerebbe chiedersi anche: perché proprio agli altri!), oppure ci demoralizziamo perché secondo il nostro punto di vista, non siamo in grado di portare il peso di ciò che ci accade.

Anche in questo caso, per trovare una risposta adeguata ai nostri interrogativi, che umanamente sembrano anche legittimi, dobbiamo affidarci all'esperienza dei discepoli. Perché, come abbiamo già detto, ma è bene ricordarcelo, la loro esperienza di fede, è anche la nostra; Dio chiama sempre nello stesso modo, nonostante i tempi e le esperienze diverse, Lui parla sempre al cuore, e il cuore dell'uomo non cambia mai, è sempre in ricerca di quel Qualcuno che può riempire la sua innata sete di infinito. E quel Qualcuno è solo Dio, che ci conosce nel profondo, avendoci creato Lui.

L'evento della Passione è sempre "destabilizzante", è umano che sia cosi! Ma evidentemente è anche inevitabile. Lo sperimentiamo anche noi nella nostra esistenza e nella nostra quotidianità.

Pensiamo alla storia di Pietro che ci è narrata nei Vangeli, una storia ordinaria se ci pensiamo bene, niente di straordinario, se non fosse perché ci racconta, come è stato anche per i discepoli di Emmaus che abbiamo già riletto, di uno straordinario ordinario rapporto tra Dio e un uomo che si lascia toccare e cambiare. Una proposta di Dio e una risposta di Pietro, una dinamica semplice, ma proprio perché è cosi semplice, diventa nel tempo e con il tempo, un qualcosa che sconvolge la vita e la cambia.

Non aveva nulla di speciale Pietro, una vita comune fatta di lavoro, famiglia, passioni, sofferenze, sicuramente era una persona concreta, determinata, forgiata dal suo lavoro e dalla durezza di una vita, che allora, come oggi, non era sicuramente semplice. E in quel contesto, in quella ordinarietà, Dio lo chiama, e dopo il Suo "SI", in seguito alla sua adesione, conferma la Sua storia d'Amore con lui.

Pietro incontra: come dimenticare la sua chiamata, che è narrata nei Vangeli. Prendiamo ad esempio il Vangelo di Luca: una situazione semplice, in cui, sul lago di Gennèsaret, troviamo Gesù che parla alle folle, per annunciare come Suo solito, la Sua Parola di salvezza.

A un certo punto però, il Signore punta lo sguardo su Pietro, che in questa situazione ancora è Simone, e chiede a lui e ai suoi compagni, che erano rientrati a riva da una nottata infruttuosa di pesca, di diventare parte di quella giornata di predicazione: Chiede di salire sulla loro barca per insegnare alla gente che Lo seguiva numerosa.

Appena finito però, invita Pietro a "Prendere il largo, e gettare le reti per la pesca", e possiamo capire bene lo stupore di Pietro, esperto pescatore, che infatti risponde: "Maestro, abbiamo pescato tutta la notte e non abbiamo preso nulla, ma sulla Tua parola, getterò le reti."

Sappiamo bene tutti che le reti si riempirono, e Pietro riprende il dialogo con il Signore: "Allontanati da me che sono peccatore", ma Gesù, proprio in quell'istante, gli dona la Sua proposta di salvezza: "D'ora in poi, sarai pescatore di uomini", e li Pietro, comincia il suo incontro che lo porterà ad appassionarsi di Quell'Uomo, Dio, che unico darà un senso alla sua esistenza.

Una storia che sappiamo bene essere bella ma anche dura, ma forse vi chiederete: "Cosa c'entra la storia di Pietro, con la croce e la Passione di cui stavamo parlando? C'entra perché, nonostante l'incontro con Gesù sia stato per Pietro sconvolgente, nonostante lui abbia vissuto tre anni con Gesù, nonostante abbia sperimentato davvero l'Amore del Maestro nella sua vita, nonostante Gesù glie l'avesse annunciato prima velatamente e poi apertamente, nonostante quello, inizialmente neppure Lui, scelto per essere Pietra su cui fondare la Chiesa di Cristo, la Passione prima non l'ha capita, poi l'ha contrastata, e infine non l'ha accettata.

Questo ci serve, e ci aiuta quando magari ci sentiamo non adeguati a seguire il messaggio di amore del Padre, o quando ci sentiamo in colpa per non essere in grado di accettare pienamente gli insegnamenti evangelici, ci aiuta quando non riusciamo ad accettare la croce: Non è possibile per nessuno farlo da soli, è invece possibile quando, sull'esempio di Pietro sappiamo riconoscere i nostri limiti, la nostra umanità e la nostra paura, e lasciamo che il buon Dio possa operare la grazia della nostra conversione.

E poi, ripetiamolo e ribadiamolo: senza croce non può esistere Resurrezione.

E noi, perché tante volte non accettiamo le croci, i disagi, le povertà dell'esistenza? Forse perché non rispettiamo la nostra umanità!

E perché, allargando il discorso, tante volte non riusciamo ad accettare oltre alle croci, anche la realtà che ci circonda, non riusciamo ad accettare ed amare le persone, le situazioni, ma soprattutto, magari velatamente visto che non riusciamo ad ammetterlo, perché non riusciamo ad accettare la nostra vita, i nostri modi di fare e di operare e comportarci?

Perché, sarò lapidario, ma è giusto ricordarmelo e ricordarlo anche a te, il problema sono sempre Io, siamo sempre Noi, mai gli altri.

È dura da accettare, ma è così!

E quanto sarebbe tutto più semplice se riuscissimo a fare un attento esame di coscienza sulla nostra vita, i nostri limiti e le nostre povertà, quanto sarebbe più semplice in generale, se ci impegnassimo a leggere la realtà e ad accettarla per quello che è: ovvero un dono gratuito che ci è dato di vivere e non un momento scontato che troppe volte diventa un peso.

Allora la domanda che potremmo e dovremmo farci, perché rimanda al nocciolo della questione è: "che rapporto abbiamo con la realtà?"

Proviamo a darci una risposta, con lealtà e serenità, perché possiamo mentire a tutti ma non a noi stessi, ed è troppo importante essere onesti: mentendoci infatti, non facciamo un danno a nessuno, se non alla nostra umanità! È davvero troppo fondamentale non prenderci in giro: c'è in gioco la nostra felicità.

Quante volte viviamo male, insoddisfatti, proprio perché invece di vivere in pienezza il momento, ci creiamo una realtà progettata da noi?

Perché ci rimaniamo male quando le cose vanno in una determinata maniera, che magari, come accade il più delle volte, non è quella che ritenevamo giusta?

Ma giusta rispetto a cosa? Rispetto al nostro modo di pensare e vedere le situazioni, le persone, gli avvenimenti?

Non prendiamo sotto gamba la riflessione sulla realtà, perché è troppo determinante, e la riflessione sulla realtà nella sua interezza, che comprende anche la croce e la resurrezione di cui abbiamo già accennato, sta alla base del nostro modo di approcciarci e vivere l'esistenza, e ci rimanda al prossimo tema che ritengo determinate: l'Amore.

LA CHIAVE DI LETTURA: L'AMORE

L'Amore, argomento importante, decisivo, ampio, e talmente determinate da aver toccato, nel corso del tempo e della storia, il cuore e la mente di moltissimi filosofi, poeti, artisti, pensatori e persone comuni che hanno sentito come portante questo tema.

Ma, tra le varie sfaccettature, mi piace sottolineare l'accezione, che poi è oggettiva, dell'Amore inteso, testimoniato, vissuto e pensato da Dio e che si è manifestato e ha trovato compimento concreto nella venuta del Figlio di Dio.

È l'Amore Trinitario, perfetto, completo che Gesù ci chiede di vivere e sperimentare ed è esplicitato nel messaggio Evangelico.

Il sentirsi amati e amare è fondamentale, penso che su questa affermazione siamo tutti d'accordo, e allora ritengo anche che valga la pena approfondire la questione.

Ma cosa c'entra l'Amore con la Pasqua, con la croce, con il messaggio del Vangelo? C'entra perché è fondante, non può esistere cristianesimo se non è mosso da questo sentimento che diventa modo di vivere, la Resurrezione stessa è amore, la croce trova senso nell'Amore, la nostra vocazione alla santità prende significato solo in quest'ottica!

Ma noi a quale tipo di amore tendiamo? Di quale Amore siamo capaci?

Ci accontentiamo di un amore umano, o siamo in ricerca di quell'Amore divino che può toccare quello umanamente mancante e limitato, per innalzarlo a un livello più alto? Ovvero quello di Dio Perché è proprio questo ultimo di cui è in ricerca il nostro cuore, è proprio questo ultimo che solo può colmare la nostra sete di pienezza, ed è sempre e solo questo che dona senso alla ricerca e sviluppo dell'Avvenimento cristiano nel concreto.

E l'affetto caritatevole del Padre, dona un gusto nuovo alla realtà, te la fa percepire come donata, gratuita e appassionante.

È quello che ci fa sperimentare che vale la pena essere credenti e seguaci di Gesù Cristo, ci fa essere credenti con le Parole e le opere, ci dona di essere testimonianza al mondo, perché la vita ce la cambia davvero. Abbiamo bisogno di vivere quello che crediamo, solo allora ci può nascere quella nostalgia di Dio che ci sprona a vivere e continuare il nostro cammino di credenti. È solo nell'Amore, quello vero, che trova senso l'impegno quotidiano, che ti fa rispondere con certezza che: "ne vale sempre la pena, perché l'hai sperimentato." Quando qualcuno ti chiede ragioni della tua fede.

L'amore dona concretezza alla fede, e una fede concreta, carica di ricordo, protesa al futuro, ma che si nutre di presente, non può essere smentita, perché è vera, perché è reale!

E una fede così, è certamente bella, ma è anche faticosa, richiede impegno, richiede un "SI" quotidiano e attuale; richiede di impegnarsi e donarsi, richiede in definitiva uno sforzo non indifferente della nostra persona nella sua totalità, oltreché della nostra libertà, e noi a volte ci accontentiamo per evitare la fatica. Anche se sappiamo bene che è nella fatica, ben indirizzata e riposta, che troviamo Dio, e nel trovare Lui, troviamo noi stessi e gli altri, troviamo senso, troviamo la Felicità.

Ma per spiegare, o almeno provare a farlo, questo "comandamento dell'Amore" che Gesù ci invita a sperimentare, e che abbiamo visto essere fondamentale per la nostra fede e quindi per la nostra vita, è bene provare a capire la portata di quello che il Signore ci propone, e per farlo è doveroso partire dall'esempio più perfetto e adatto: l'Amore Trinitario.

Spesso, lo percepiamo come un ragionamento filosofico, come un insieme di parole, come un qualcosa di astratto, ma come abbiamo visto, ogni insegnamento delle sacre Scritture, non può essere disincarnato, perché proprio l'Incarnazione è alla base del messaggio Evangelico, se Dio stesso ha deciso di incarnarsi, non può esistere razionalmente un cristianesimo disincarnato e non vissuto!

L'Amore tra Padre, Figlio e Spirito Santo, del Dio Uno e Trino, è qualcosa di misterioso, ma concreto, e ce lo ricordano anche i Vangeli in cui è narrata la storia umana, ma allo stesso tempo divina di Gesù.

Ci parlano di quel rapporto di unicità e reciprocità, che senza entrare in disquisizioni teologiche, non perché non sono importanti, ma perché sarebbero in questo contesto fuori tema, rimangono le basi concrete da cui prendere esempio per capire, sperimentare e vivere il nostro rapporto con l'Amore.

Vediamo anzitutto che il rapporto di Amore della Trinità, è fatto di condivisione totale, di fiducia incondizionata, e di frequentazione completa.

E questo ce lo ricorda in maniera forte anche un aspetto di primaria importanza della vita di Gesù a cui però, il più delle volte, non facciamo molto caso: nella sua vita terrena infatti, notiamo che il Signore, prima di ogni avvenimento della Sua vita, prima di ogni predicazione pubblica, prima di ogni discorso con i discepoli, prima della Sua Passione, compie un gesto di primaria importanza: si mette in disparte in una condizione di preghiera.

Se ci pensiamo bene, essendo Lui vero uomo e vero Dio, avrebbe potuto benissimo farne a meno, e invece agisce diversamente da come noi, nei nostri ragionamenti umani, avremmo pensato.

Prega, entra in relazione con il Padre e lo Spirito Santo, va in disparte, ricerca quella condizione di silenzio, ascolto e dialogo, che gli permettono di essere fedele a quel progetto di Amore e carità incondizionati che dall'Eternità Dio aveva pensato per la storia del mondo.

Senza Resurrezione non ci sarebbe salvezza e redenzione, ma senza Amore non ci sarebbe stata accettazione della croce.

L'Amore trinitario ha quindi il Suo fondamento in alcune particolarità che non possono essere tralasciate: la gratuità anzitutto, perché l'Amore di Dio non chiede ne pretende nulla in cambio, è totale e totalizzante, perché non tiene niente per sé e si manifesta in un rapporto che richiede e mette anche in condizione di spendere senza riserve la propria vita, è carico di fiducia, non ha cioè paura di perdere la propria autonomia ma si rallegra di far spazio all'Altro, e vive e si nutre della Carità, si rallegra quindi del compimento di ciò che è stato promesso.

Sembra un amore troppo alto? Umanamente forse si, ma Dio ha pensato per noi qualcosa di grande, e tutte le cose grandi, che come detto sopra, richiedono fatica.

L'amore, vissuto sull'esempio di quello tra Padre, Figlio e Spirito Santo, è quello a cui tendere nella nostra esistenza di uomini e donne credenti.

Come sempre, l'esempio di Gesù, ci ricorda quale dovrebbe essere il nostro modus operandi di cristiani, seguaci di Cristo con la vita, perché la nostra vocazione alla santità, si gioca proprio li.

Ma allora, verrebbe quasi da dire che se l'Amore è questo, se l'Amore è perfetto, è impossibile da vivere concretamente! No, perché l'Amore tende alla perfezione, si nutre di ciò che abbiamo detto, ma si sviluppa concretamente anche in un aspetto che è sempre fondamentale: il Perdono!

Tendiamo all'Amore trinitario, sapendo che nella nostra natura umana, sporcata dal peccato originale, possiamo cadere, ma è sempre possibile rialzarci, se manteniamo la relazione con Dio che ci permette di chiedere Perdono e di vivere la grazia del sentirci perdonati.

E allora, riprendendo quando dicevamo prima, possiamo dire con certezza che l'Amore è fondamentale per vivere il tutto del massaggio Cristiano, perché lo rende attuale e concreto, rendendo quindi diversa la nostra prospettiva sulla realtà, proprio perché percepita da un'angolatura diversa e rinnovata, non più la nostra umanamente limitata, ma la nostra percepita con gli occhi di Dio!

Per fare un esempio pratico, pensiamo ad esempio a quanto sarebbe più semplice se riuscissimo a vivere la nostra esistenza, a vedere le persone e gli avvenimenti, non rileggendoli e valutandoli, secondo i nostri schemi, ma invece secondo gli schemi di Dio.

Quante volte rimaniamo delusi, ci avviliamo, ci arrabbiamo perché le persone non vivono e pensano secondo come a noi sembra giusto, o perché la realtà non va secondo i nostri progetti, o perché noi non riusciamo a portare a termine le cose secondo i nostri progetti e tempi, non riusciamo a relazionarci e vivere insomma secondo l'immagine che vorremmo creare di noi stessi.

Quanto tempo perso e quindi sprecato, proprio perché tolto alla felicità, che la vita, con la sua disarmante semplicità, vorrebbe donarci.

Ci facciamo giudici e attenti valutatori del giusto o sbagliato di situazioni, cose e persone, che non abbiamo né pensato né tantomeno creato noi.

Quanto sarebbe più semplice se valutassimo tutto non secondo i nostri metri di giudizio, ma secondo il metro di giudizio di Colui che quelle cose le ha create?

Un tavolo non posso valutarlo fatto bene secondo quello che è il mio pensiero, ma dovrò per essere oggettivo, valutarlo secondo il progetto di colui che l'ha pensato, penso sia ragionevole come pensiero: ecco dovremmo per essere altrettanto ragionevoli, utilizzare lo stesso metro di valutazione anche con la realtà, con le nostre esistenze, e con quelle dei fratelli e sorelle che il buon Dio ci ha donato e ha messo sulla nostra strada.

Pensiamo poi a quanto il Signore ci vuole bene: ci vuole felici, di una felicità che ci è donata dal saper ricevere, quindi vivere, sperimentare e di conseguenza ridonare l'Amore nell'attimo presente.

Perché troppe volte ci sentiamo infelici? Sicuramente perché non percepiamo che anche il tempo ha il suo valore, ed è inestimabile, e l'Amore, come tutto il resto d'altra parte, lo viviamo in questo contenitore che convenzionalmente chiamiamo appunto tempo.

Dovremmo ricordarci più spesso, e non solo quando la realtà ci impone di farlo, che come ci dice il Vangelo che "... a coloro che vivranno l'Avvenimento cristiano, accogliendo la Parola di salvezza, è promessa sì la Vita eterna... passando però necessariamente dal Centuplo Quaggiù, insieme a croci e tribolazioni, che il Signore ci ha annunciato."

Parliamo di Vita Eterna quindi, ma ci dimentichiamo di quel "Centuplo quaggiù" che invece è necessario a ricordarci che l'Incontro cristiano è sempre concretezza che sconvolge la vita, nel nostro ora!

Dio ci invita a vivere l'Adesso, senza pensare troppo al passato, perché non c'è più, senza focalizzare tutto sul futuro, perché non sappiamo se e quanto sarà, ma vivendo l'attimo presente, fino in fondo, per non doverlo rimpiangere quando questo attimo non ci sarà più, ma per essere invece capaci di ricordarlo con la gratitudine di chi percepisce che non era né scontato, né tantomeno dovuto quell'attimo, ma anzi era un dono inaspettato e gratuito.

L'amore, quello vissuto come Dio ci propone, quello sperimentato e calato nell'attimo presente, ci rende capaci di dire quella parola che forse troppe volte dimentichiamo: quel Grazie a Dio che quelle cose, quelle persone, quella realtà e questa vita ce le ha donate, senza nostro merito ma solo per Amore.

E il nostro sforzarci di essere cristiani, è anche questo: amare e sentirci amati non secondo il nostro metro di giudizio, ma secondo la prospettiva di Dio.

Non prendiamolo mai sotto gamba questo aspetto, perché il cristiano, proprio perché amato, è in grado di dare la giusta importanza alla realtà e alla vita.

"Quali sono le nostre priorità?", "A chi ho donato e dono la mia fiducia?", potrebbero essere due buone domande da farci per capire lo stato di salute della nostra fede.

LO STRUMENTO DI VALUTAZIONE (SCOMODO): LA COMUNITA'

Ma allora, se quello che abbiamo detto fino ad ora è vero, se il Cristianesimo deve essere vissuto e sperimentato per essere autentico, se non può prescindere dalla Pasqua, che passa attraverso la croce, se per essere capito è necessario vivere e sperimentare l'Amore che diventa la chiave di lettura del nostro essere credenti, allora, detto questo, può esistere un cristianesimo senza un singolo, che Dio ha voluto unico e irripetibile, che però non è inserito in una comunità?

Mi pare evidente che la risposta sia No!

Capita spesso di sentirsi ripetere che qualcuno "crede in Dio, ma non alla Chiesa", e con Chiesa si intende l'Istituzione, oppure che "non serve la Chiesa, perché Dio è ovunque e si può pregare dappertutto simulando però così una sorta di Panteismo sconclusionato.

Sono affermazioni che possono fare riflettere, e che in parte, se lette in buona fede e senza malizia, possono essere motivo di dialogo, anche se poi possono essere facilmente smentite.

È Gesù stesso a volere una comunità, chiamando a sé in primi discepoli, ed è sempre Lui stesso a fondare la Chiesa, la comunità dei credenti, quando dona a Pietro le "chiavi" della stessa: "Tu sei Pietro, e su questa pietra edificherò la mia Chiesa" ci ricorda il Vangelo.

Forse, la fonda proprio perché, conoscendo l'uomo, avendolo formato Lui stesso, ne conosce le esigenze fondamentali: l'uomo, l'essere vivente, non è fatto per stare solo, ha bisogno di costruire relazioni, ha bisogno di dialogo, ha bisogno di sentirsi ascoltato e di ascoltare, necessita di sentirsi aiutato e di aiutare, pensiamo all'Amore stesso di cui abbiamo parlato prima, nessuno si può amare da solo, e se lo fa, sia ama di un amore egoistico che con il tempo lo logora! L'essere umano ha bisogno di relazioni, che nel bene o nel male lo fanno crescere.

E Dio per entrare nella storia dell'uomo, utilizza un linguaggio e delle dinamiche umane: il rapporto con Lui, è simile al rapporto che avremmo con qualsiasi persona, non può esserci conoscenza se alla base non c'è un Incontro! E quell'incontro genera la frequentazione, la frequentazione genera conoscenza profonda e quest'ultima genera fiducia.

Non posso pretendere di conoscere Dio, come non posso aspettarmi di conoscere una persona, se non ci spendo del tempo.

E questo sottolinea ancora una volta quanto detto all'inizio: il Cristianesimo non è una formula magica per stare bene, o per lenire alcune ferite e dubbi che umanamente abbiamo, perché sarebbe riduttivo e svilente pensarlo e soprattutto viverlo così, il cristianesimo non è una parentesi della vita, il cristianesimo, per essere vero ed efficace, deve essere totalizzante!

Alcuni pensano di smentire che la comunità sia imprescindibile, portando l'esempio degli eremiti: loro dicono, vivono da soli e nella solitudine in quella condizione, trovano il loro rapporto con il Signore, e di conseguenza la loro dimensione e la loro felicità: niente di più sbagliato!

Perché può essere veramente riletto così, solo se pensiamo che chi fa quella scelta, la intraprende per scappare dalla realtà, dalle persone, dalla vita, ma in quel caso alla lunga diventa un modus vivendi insopportabile, perché con il tempo i problemi ritornano, anche se magari in situazioni e modi diversi.

Ma questo non è un nostro problema in questo momento, infatti ora noi stiamo invece parlando di persone che vivono l'apparente solitudine non per scappare o rifugiarsi, ma perché chiamati dal Signore a vivere quella determinata vocazione particolare.

Dio chiama e fonda la Chiesa come comunità, e quindi ogni vocazione reale, autentica non può prescindere da questo aspetto fondamentale, tanto che la vita comunitaria, la bellezza e la fatica del servizio gratuito, il saper vivere insieme, seppur a volte con difficoltà, possono essere un buon metodo di discernimento per tutte le vocazioni, anche per quella alla vita eremitica, seppur questa cosa può sembrare strana, eppure è proprio cosi!

È vero anche l'aspetto opposto, ovvero che anche il non saper stare da soli e ricercare sempre l'altro, ricercare la sua approvazione e il suo consenso, non è segno di un equilibrio, ed infatti è utile interrogarsi sempre su come riusciamo a vivere questo aspetto.

Ne va del nostro equilibrio, e della nostra serenità.

Anche perché vivere la comunità cristiana non significa assolutamente assenza di solitudine, pensata però nell'accezione buona di chi sa stare da solo, di chi è capace di prendersi del tempo, di chi non è condizionato dal giudizio dell'altro.

La solitudine, quella positiva è un equilibrio che mi permette di non dover dipendere da nessuno, se non da Dio solo, e allo stesso tempo di non voler fuggire dal mondo, dalla realtà, dai problemi e da me stesso.

La comunità intesa da Gesù allora diventa il mezzo e il tramite verso Lui ed è imprescindibile, seppur con sfaccettature concrete e diverse per ogni vocazione. La Chiesa è quel filo rosso che unisce tutte le Chiamate di Dio, nessuna esclusa: il parroco vivrà la comunità diversamente dal marito, dalla moglie, dall'eremita, dalla monaca, dal monaco o dal frate, e tutti la vivranno secondo le diverse particolarità della vocazione, che Dio, nella Sua fantasia, ha pensato fin dall'Eternità per ciascuno, ma, una cosa è certa: nessuno potrà non viverla, perché altrimenti la sua vocazione diventerà mozzata di qualcosa di fondamentale; oppure non potrà mai risultare autentica, proprio perché la prima forma di comunità vissuta e concreta è la preghiera, e questa, che è la più importante forma di condivisione, avviene nella comunità ecclesiale, che seppur diversa e divisa nello spazio e nel tempo, si rivolge coralmente a Dio e gli manifesta la sua fedele preghiera di affidamento, supplica, ringraziamento e adesione, è troppo basilare per essere mancante.

Ecco perché la Comunità, in qualsiasi vocazione cristiana autentica, non può essere accantonata, ma anzi, la conferma, la rende vera e la alimenta nel quotidiano!

LASCIARSI ATTRARRE:

LA BELLEZZA E LO STUPORE

Un altro aspetto che è utile prendere in considerazione, perché troppe volte lo diamo per scontato, è la modalità che Dio utilizza quotidianamente per chiamarci e richiamarci a Lui.

Da cosa nasce l'attrazione verso qualcosa, ma soprattutto Qualcuno? L'abbiamo già in parte visto nella chiamata di Pietro e dei discepoli, veniamo attratti da ciò che dona qualcosa alla nostra esistenza.

Già nell'Antico Testamento, e poi di conseguenza nel Nuovo, Dio utilizza un mezzo insindacabile ed evidente per far risuonare la Sua voce nel nostro intimo: ovvero la Bellezza, che nel cuore e nella mente dell'uomo, generano uno stupore.

E non a caso, nel corso della storia, anche l'uomo per mandare un messaggio, ha sempre utilizzato questo metodo infallibile.

Quando parliamo di Bellezza, ovviamente parliamo di qualcosa di oggettivamente attraente, pensiamo ad esempio all'arte, alla letteratura, alla musica, al teatro.

Quando il Signore ispira qualcuno a compiere qualcosa, lo fa utilizzando questa modalità: lo invita attraverso l'arte della bellezza.

Basta guardare indietro per rendersene conto: il messaggio cristiano ed evangelico, sintesi e culmine della bellezza assoluta, perché momento più alto dell'Avvenimento di Dio che entra in relazione con la storia dell'uomo, ha sempre ispirato l'uomo a rendere evidente, anche attraverso i sensi, la presenza del Signore che irrompe con delicatezza nella velocità del mondo, e lo fa attraverso il bello.

Perché il bello attrae e provoca, basta vedere in giro per il mondo ciò che il messaggio di Gesù ha creato e continua a creare: le Chiese, le Cattedrali, le musiche, le pitture. Ogni periodo storico, a modo suo, ha allietato gli occhi, le orecchie, la mente e il cuore, testimoniando il messaggio di Gesù attraverso l'arte.

Ovviamente parliamo di una bellezza non fine a sé stessa, ma invece di una bellezza assoluta che rimanda, perché ne è strettamente collegata, all'Avvenimento cristiano.

E chi sperimenta questo, o meglio, chi si lascia provocare nella sua libertà, sperimenta lo Stupore che solo l'incontro con la grazia che opera riesce a compiere.

Ma forse la domanda che dovremmo farci rispetto a quanto detto è: "Noi, siamo ancora disponibili a lasciarci stupire dalla Bellezza?"

Noi inteso come cristiani, e quindi come uomini, perché infondo il cristiano è anzitutto un uomo o una donna che ha deciso di prendere seriamente la propria esistenza, donandola e fidandosi di chi questa vita glie l'ha donata.

E la bellezza, è propria di Dio, che l'ha messa come desiderio e nostalgia nel cuore dell'uomo di ogni tempo, latitudine e condizione sociale.

Pensiamo, oltreché alle opere dell'uomo che grazie all'ispirazione di Dio le ha create, anche alla bellezza donata dal Signore alle nostre giornate, ci vuole poca fantasia per rendercele evidenti: pensiamo alla vita stessa, alla salute, agli amici, alla famiglia, oppure a un tramonto che ci tiene tanto a dare il suo spettacolo, a un panorama che nella sua naturalezza racchiude in se una testimonianza di Dio, oppure pensiamo al cielo sconfinato, alle stelle che ricordano che "siamo poca cosa di fronte all'Infinito del creato, eppure per Dio siamo più importanti del resto della creazione!" Così importanti da indurlo a decidere di lasciare il cielo, farsi uomo e carne e morire per la nostra salvezza! E allora in questa prospettiva nasce lo stupore, in questa ottica capiamo e diamo un senso al Natale, all'Incarnazione, alla Passione e alla Pasqua, alle feste dei Santi, che non sono più sterili celebrazioni per applaudire chi ce l'ha fatta, chi ha compiuto il suo cammino di santità, ma diventano motivo di gioia e stimolo per noi, perché se loro sono riusciti, è possibile anche per noi farci santi! Di una santità ordinaria magari, di una santità che non è qualcosa di lontano e irraggiungibile, ma anzi è proprio il contrario: santo non è chi non sbaglia mai, ma è chi, è capace quando si rende conto di essere caduto, di chiedere perdono e di sentirsi perdonato, di non sentirsi solo, ma accompagnato nel fantastico seppur duro viaggio dell'esistenza quotidiana.

Santo è colui che vive per Dio e con Dio, perché quella vita così spesa lo rende autenticamente felice! Ora!

Vivere, sperimentare cercare la bellezza diventa quindi, se vissuto in questa ottica l'imperativo categorico di chi vuole lasciarsi toccare da un Dio che vuole salvarci ad ogni costo.

LA SCELTA, CHE DEVE ESSERE RINNOVATA

È già, Dio provoca l'uomo, ma poi è l'uomo che deve lasciarsi provocare, è la nostra libertà che è il dono più grande, ma se usata male può diventare la condanna alla tristezza più assoluta che l'uomo può avere, che viene chiamata in causa.

Perché abbiamo detto che il cristianesimo è una risposta a una proposta più grande, ma una risposta che deve essere continua.

Non basta dire il nostro "SI" una volta soltanto, va rinnovato continuamente, giorno dopo giorno, attimo dopo attimo.

E proprio per questo, in queste poche pagine ho cercato di mettere in chiaro, per come ne sono capace, i punti essenziali che l'esperienza cristiana mi ha donato.

Dicevo all'inizio che questo lavoro non ha nessuna pretesa, se non quella di fare un resoconto della mia esperienza dell'Avvenimento cristiano, anzitutto perché serve a me, e poi perché in questi anni, pochi è vero, ma non per questo meno intensi, prima da vice parroco e poi da parroco, mi sono reso conto che tanta gente vive male la fede, proprio perché focalizza l'esperienza cristiana su alcuni aspetti che non sono essenziali, tralasciando ciò che invece essenziale lo è davvero.

Cerchiamo la semplicità, poi approfondiremo con il tempo il resto.

Certamente non ho potuto, né tantomeno voluto, sottolineare alcuni aspetti più prettamente tecnici, filosofici o teologici, non perché non siano importanti, lungi da me anche solo pensarlo, ma semplicemente perché credo che nel nostro tempo ci sia, forse più che in altri momenti storici, il bisogno di riscoprire un cristianesimo vissuto ed esperienziale, per poter poi una volta interiorizzato quello, approfondire con piacere e senso la nostra fede anche sotto aspetti più intellettuali.

Diceva un grande santo, Paolo VI, che il mondo ha bisogno di testimoni più che di maestri, io non posso che sottoscrivere, nella mia piccola esperienza, questa frase estremamente realista e concreta.

Tante, troppe volte facciamo convegni, riunioni, assemblee in cui cerchiamo soluzioni alle problematiche attuali, anche della Chiesa, ed è giustissimo che sia così, ma la mia esperienza mi dice anche che forse il vero problema oggi non sono le strutture, i progetti, le pianificazioni, ma è invece una semplificazione dell'Avvenimento cristiano ordinario.

Forse il vero problema è che la nostra Chiesa fatica ad essere famiglia, o almeno fatica ad essere percepita così!

Se le nostre comunità, sull'esempio di quelle dei primi secoli, fossero nuovi focolari domestici, non esisterebbe più il problema dell'età dei Sacramenti, della partecipazione delle famiglie, dei giovani, degli anziani alla vita parrocchiale, perché se tutti ci sentissimo davvero a casa, allora ognuno, con gioia e senza sentirsi obbligato, lo spenderebbe del tempo per rendere accoglienti e belle le nostre comunità; e ancora, se questo avvenisse, i Sacramenti, le feste, le attività sarebbero solo tappe di un cammino ordinario e non bivi in cui il più delle volte, decidere di lasciare.

E perché questo avvenga è necessario una cosa fondamentale: imparare a creare relazioni, che certamente diventino testimonianza di chi, nella sua esistenza, ha trovato qualcosa di bello e grande: e quando incontri Qualcuno di bello, hai solo il desiderio di testimoniarlo a più persone possibili! Senza fatica, con le parole e con la vita!

È nella relazione infatti, ed è così anche nelle nostre parrocchie e comunità, che crei un rapporto che provoca, interroga e cambia, è in un'amicizia che stimoli una domanda a chi incontri. Nell'amicizia, nella vicinanza, nell'accompagnamento ordinario, non nell'imposizione.

Io ci credo fermamente, a prescindere:

buona vita gente, con l'augurio che possiate, anzi possiamo sempre vivere con la consapevolezza che:

"La Felicità non è mai la nostra meta finale, ma è il nostro modo di camminare… in attesa della Vita Eterna, che passa però da come viviamo il Centuplo Quaggiù che il buon Dio ci ha dato di vivere…"

Printed by Books on Demand GmbH, Norderstedt / Germany